그 암자에 가면 詩가 보인다

불교신문 시선집 **2**

—

그 암자에 가면 詩가 보인다

효종스님 시집

불교신문사

서(序)

머무르지 못하고 떠도는 것을 흔히 역마살이라 한다.

중은 그 역마살을 지고 다니기에 전국을 다 돌아다니며 청춘을 세월에 흘려보내지 않을까 싶다.

그러면서 스쳐간 크고 작은 절의 기억을 더듬어 시를 써왔다. 2010년 이전부터 2020년이면 십년 세월이 넘어간다. 강산이 변한다는 세월동안 나는 얼마나 변화했는가?

틈틈이 적은 시를 퇴고하면서 보니 많은 시들이 변해가고 있다. 그리고 나도 또한 변해 가는 중이다.

등단 십년 만에 세상에 나온 첫시집 『찻물 보글보글 게눈처럼 끓는데』 이후 2집 『가던 길 멈추고 만나는 詩』를 출간 준비 해놓고 승려로서 산빛이 짙은 시를 틈틈이 시로 풀어내던 것을 정리해 보니 108편에 미치지 못한다.

억지로 시를 경험 없이 쓸 수 없지 않은가.

창작보조금을 받아 시집 발간을 위해 불교적인 내용의 시를 가미해 억지로 108편을 만들어 보았다.

불자님들이나 일반 독자님들이 이 시집을 보고 조금이나마 마음에 힐링이 되기를 바라는 마음으로 늦은 가을 산사에서 『그 암자에 가면 詩가 보인다』를 세상에 내보낸다.

명산(皿珊) 효종(曉宗)

5

차례

11

가위, 바위, 보

어디로 가지?
산문 앞에 섰는데
까마귀 한 쌍
앞산 넘어가고

산문 앞에서
가위
바위
보

● 해인사 일주문 앞에서

갓바위 해우소에서

갓바위 천삼백육십 계단은
들숨 날숨 차오르는 인생길
산꼭대기 낭떠러지 해우소에서
근심 털고 해탈 맛보듯
사람마다 품은 소원
하나씩 풀었으면 좋겠다

낙산사 홍련암

동해바다 작은 암자 해조음
어디서 들려오는 법음(法音)인가
푸른파도 일어나는
홍련(紅蓮) 피는 보타산

옛날 의상스님 인도하던 관음조
지금은 어떤 인연 기다리실까
흔적 없이 오고가는 낙산(洛山)에
기도 가피 바라는 이 끊이지 않아

달빛 닮은 미소
자애로운 어머니
법화경 보문품 독경하는
관음조의 노래 끊이지 않네

두타산 삼화사

두타산 깊은 계곡

범일국사 삼공에 머문 자리

고려 태조 이르러

삼화사는 대가람 되었으나

기울던 국운(國運)

혼연히 든 횃불이여

무릉도원 어디든가

속세의 광풍 피할 수 없었나?

삼장(三藏)의 법향(法香) 피어나던 도량

시절인연 다시오면 법화(法花) 다시 피겠지

사자산 법흥사

사자산 연화봉 병풍 삼아
빼어난 산세의 기운
적멸보궁 뒤뜰로
한달음에 내려 앉아

빈 좌복
진공묘유(眞空妙有) 법문이라
촛대 너머
어느 자리 계시는가?

솔바람 법문 듣는
허리 굽은 노송
석가모니 진신
앉은 자리 알고 있을까

무너진 옛터
부도전 지키고 선 징효스님
구산선문 호령하던
흥녕사 옛 인연 회상하는가?

봉정암

깊은 골 오르는 뜻
어찌 알아요

영험 깊은 도량이라
저마다 품은 소원 한 가지

오르는 걸음마다
번뇌는 녹아지고

말없는 천년보탑
묵묵히 섰는데

은하수 흐르는 밤
여인의 소원이 간절하다

설악산 오세암

설악이 품은
전설 찾아가는
인적 드문
마등령 계곡 길
산안개에 묻어나는
진한 약초 내음
번뇌 잊어라

자장율사
만경대 올라
이 도량 찾았을까?
설정스님 탁발 길에
홀로 남은 오세동자
관음보살 시현으로
전설이 되어

번뇌 아직

두터워

걸음마다 관세음

백의관음 친견하여

미소 보았더니

오늘 제게

관음보살 나투시네

오대산 상원사

상원사 가는 길
십리계곡 물소리 청량하다
보이신 현중가피(現中加被)
어느 계곡에 문수보살 나투셨나?

살생 업 깊었던 임금이라
문수동자 친견해도 알지 못해
상원사 법당 삼배 중에
문수보살 미소보고 업장 소멸하였네

세월 흘러 사람은 가고
비바람 거칠어도
끊이지 않는 신심
불자는 삼천배로 밤이 깊고

스님은 뜰앞의 전나무 찾아
죽비소리 그친 지 오래
달빛 홀로 유유자적
소리 없는 울림 동종이 깨어난다

괘방산 등명낙가사

신라의 자장율사
동해용왕 청하여
부처님 진신사리
수중보탑 세우셨네

아름다운 바닷가
삼천년 변함없이
보름달 떠오를 때
수월관음 강림하니

오시는 걸음마다
찰랑이는 금빛 물결
그 누가
오시는 뜻 알아

관세음보살
목청껏 부르다가

연꽃 한 송이
친견하고 갈까

풍파에 닳은 삼층석탑
흔들리는 풍경(風磬)
솔바람이 스치며
지심귀명례

함백산 정암사

백두대간 정기 품고
세상사 인연 끊는 터
자장율사 중국에서 오시니
서해용왕 탄복하여
공양 올린 마노석
7층 전탑 이루었다
사북의 불소(佛沼)는
인연지가 아니라
눈 덮인 도량
세 갈래 칡넝쿨 멈춘 자리
소담한 적멸보궁
갈래사 개산하시니
영험 깃든 도량
기도소리 끊이지 않는다네
자장율사 주장자
주목나무 지팡이 세월 주름 깊은데
푸른 잎 천년은 더 가겠네

겨울 안거

심검당 수좌 스님
장좌불와 삼년이라
동안거 긴긴 밤
화두삼매 들었어

빛바랜 문창살
바람구멍 뚫어내어
댓돌에 봄볕 들 때
만행 가야 할 터인데

아시는가?
뜰 앞의 매화나무
소리 없이 눈꽃 피어
화장세계 열렸는걸

강화 보문사

강화에서 십리 뱃길
석모도에는
서해 낙가산 길상 터
눈썹바위 관음보살 계시기에
오고 가는 뱃사람
보문사 향해 울리는
염불 같은 뱃고동소리

금강산 희정대사 기도 중에
관음보살 친견하여
인연 찾아 이 도량 이루셨네
천안(千眼)으로 살피시고
천수(千手)로 나투시니
창건 14년만에 출현하신 돌부처 스물두 분
동굴법당 기도영험 끝없어라

낙조에 물드는 서해바다

서방정토 향하여

은빛으로 빛나는 길

멈추어 선

그림 같은 배 한척

차안(此岸)으로 가는가?

피안(彼岸)으로 가는가?

여주 신륵사

마암바위 용마는
천상에서 내려 왔을까
남한강 물길 타고 달려 왔을까?
나옹 화상 신력으로
굴레 씌워 조복 받으니
신륵(神勒)의 인연이라

남한강 거센 기운 막으려
신륵사 도량 지키고 선
높은 바위 3층석탑 그리고 다층전탑
노을에 물든 강물
무심히 내려다보는
노승(老僧)의 뒷모습이라

강월헌(江月軒)에 노는 기러기떼
세상시름 잊었는가
짙어가는 석양의 춤사위

봉미산 자락 스치면

극락보전 풍경소리

구룡루 용마루에 앉아 발갛게 익어가는 중

운길산 수종사*

북한강 굽이치는
두물머리 물안개
운길산을 오르면
구름바다 경이롭다

새벽 여는
바위 틈새 종소리 듣고
지나던 객
수종사라 하였는가

차실에서 보면
구름 위에 앉았는데
"차 한잔 하시게."
스님의 미소가 좋다

세조대왕이 심었다는
은행나무 넉넉한 자태처럼

삼매에 든 열여덟 나한

주지스님 그중 한 분 닮았다

효양산 은선사*

소백산맥 정기 숨었다 솟아

전설 묻은 수양산

신라국 삼국통일

국운 창성 염원으로

금송아지 뛰어 놀던 곳

의상대사 법안으로

금송아지 누운 자리

은선암 세웠으나

항상함이 없는 진리

무상하여라

역사여

역사여

혜영스님 원력으로

불광 비치니

찾는 이 안심입명

사시사철 등불 밝혀

이천 들녘 등대되어

역사에 남으리

남해 보리암

관음조 노래하는 보리암
절경 아래 바위굴은
개국(開國)의 꿈 품고 기도하던 자리
남해 관음 감응하여
현몽으로 가피 입고
비단 헌공하는 뜻으로
금산(錦山)이라 하였네

찾아오는 사람들
무엇 위해 기도하나
석간수 한 잔이면
가피는 충만하지
남해관음 친견하려
오체투지 하면서
나무 관세음보살

가야산 원당암

신라국 애장왕비 등창[背瘡]
불연(佛緣)이었나?
순응 이정 두 스님 법력으로
업장 소멸 씻은 듯이 낫더니
봉서사로 원찰(願刹) 삼아
애장왕 해인사 창건 원력 세웠네

진성여왕 서원으로
보광전 뜨락에 세운 다층탑
오직 태평성대 염원 담았더니
열한 분 조사(祖師) 스님
어느 때 오고 가셨나?

"공부하다 죽어라!"
큰스님의 일갈(一喝)
원당암 죽비소리 되었다

가야산 해인사

가야산 기슭 반야용선
팔만대장경 천년을 품고
항해 중이네

해인사는
속세의 인연 끊은
구법자의 고향이라

가야산 깊은 계곡
십육 암자 품은 도량
곳곳이 불국토라

홍류동 전설은 두고라도
계곡 따라 오르는 소나무 숲길
호호탕탕 물소리 잊을 수 없다

가야산 백련암

무엇하러 오르는가?
가야산 오솔길 끝자락
계단 총총 오르면
번뇌 놓고 오라고
백련암 일주문
미소 지을 뿐

바람조차 숨죽인
불면암 해인삼매
말 없는 법문하고
가야산 호령하던
열반에 든 선사의 일갈
마음 비우라 하고

삼천 배 깊은 뜻
알 길 없는 중생은
어제도

오늘도

내일도

오체투지 해답 찾는 중

가야산 지족암

해인사 선방 지나
오솔길 오르면
암벽 기슭 제비둥지 지족도솔천
족함을 아는 이 살아야 할 자리

동곡 화상 지계청정
승가의 귀감이라
소신공양 수행으로
후학의 귀감 되어 빛이 되셨다

어느 날에
남기신 말씀처럼 다시 오실까
산바람 불어
뜨락에 늙은 소나무
나무아미타불

가야산 홍제암

홍류동(紅流洞)
깊숙이 앉은 암자에
하화중생 원력으로
아수라 중생계 뛰어든 사명대사(泗溟大師)

핍박 중에 드높인 호국의지
그 숨결 새긴 자취
역사의 질곡 중에
산산이 부서지고 흩어졌네

크신 뜻 세우려
천년 교훈 다시 찾아
의연하게 세운 자리
법향(法香) 절로 그윽하다

가을 깊은 계곡
드높던 호국의 함성
저리 붉게 흘렀을까
홍제암 풍경소리 번지는 적향(赤香)

가야산 희랑대

스승*이라
깊은 인품 사모하여
국사로 모셨으나
가야산 수행처
기묘한 바위 얽힌
푸른 솔 절묘한 풍경아래
안장바위 좌선삼매 즐기시니
흠모하신 나반존자 도량임을 아셨네

송암은적(松巖隱迹) 깊은 자리
독성각 지어
한 그루 소나무 심으시니
천년을 하루같이 푸르러라
나반존자 수행 따라
일생의 행장 남기지 말라 하였으나
덕을 추모한 후학
깊은 인품 목조상에 새겼네

———
* 태조 왕건의 국사(희랑조사)

감악산 연수사*

감악산 높은 터
사시철 푸른 암혈(巖穴)
마르지 않는 옹달샘물
헌강왕 현몽 꾸고 찾아와
고친 중풍 약사여래 영험이라
연수사 중건 인연 되었다

전설에 들리기로
속세 등지고 심었다는
산비탈에 천년 은행나무
망국의 세월 흘렀지만
변함없이 지켜 서서
오시는 손님 맞이하네

---

* 경남 거창군 남상면 연수사길 115-103

매화산 청량사*

매화 닮은 암봉(巖峰)이라

아름다운 산봉우리

매화산이라 하였는가?

고은 선생

월류봉 달빛 찾아

즐겨 찾던 도량에

회은스님 오시어

신심 깊은 석공의 손길로

석조여래

삼층석탑 조성하고

석등에 불 밝혔다

경암스님 원력으로 중수중건 하였더니

깊은 골 높은 도량 종소리

황산리 골짜기 울려 퍼져

석조여래 맑은 미소 신심단월 맞이하네

———

* 경남 합천군 가야면 청량동길 144

연화산 옥천사*

연꽃을 닮은 산세
의상 대사 흠모하여
학인스님 운집했던 화엄도량

옥천계곡 물소리 어제처럼 흘러도
자방루(滋芳樓) 법향 흔적 간 곳이 없고
빛바랜 주련, 옛스님 말씀 보는 이 없네

호국 의지 품었던
연화산 봉우리에 그 불꽃 살려내면
옥천사 열었던 님 다시 오실까

---

* 경남 고성군 개천면 연화산1로 471-9

44

통도사 서운암

영축산 아래
상서로운 구름 머무는 암자
무위선원 스님은 선정에 들고
선열당 대나무숲 쉬어가는 바람
봄볕에 조는 공작새를 깨운다

장경각 추녀 스쳐온 바람
금낭화
작약
할미꽃
꽃향기로 희롱하는 언덕에

세월 빗어 봉안한 불심
십육만 도자 대장경
아, 환희로워라
룸비니동산의 위대한 탄생처럼
서운암 법신의 향기 천년등불 되었다

영축산 자장암

돌계단 오르니
산빛 녹아든 바람 시원타
천년바위에 앉아
맞이하는 아미타 마애불의 미소

자장율사 뚫었다는
관음전 뒤 바위구멍
금와보살 친견하려
바위를 안았더니

속진(俗塵) 두터워
전설로 전해지는
금와공(金蛙孔)
눈빛도 안 주신다

옛 스님 가고 없는
자장암 뜨락
산새 울음
탑을 비껴 날아간다

정족산 조계암[*]

정족산 구름 아래
성인 자취 흔적 남아
천성산 바라보는 조계암은
골바람 흐르다 쉬어갈 뿐

인적 드문 산길
가는 이도
오는 이도
소식이 없다

무문관 닫은 문
소식 없는 시간 흐르는 중에
목탁소리마저 묵언하고
조계 선풍 박차고 나올 님 기다려

---

[*] 경남 양산시 평산로 138-2013

지리산 금대암

금대암 새벽으로
구름 헤쳐 올랐더니
번뇌는 바람에 빗겨가고

멀리 지리의 제석봉과 천황봉
청암산 짚고 숙여
경배하는 극락의 연화좌대
스님의 염불소리 적막하여라

운해 물결치는 파도 속에
임마저 잊은
아낙의 기도소리
간절하여 애닯다

굳이 인연을 기약하니
장승처럼 선 전나무
천년세월 변함이 없다지요

천성산 미타암*

한 땀 바느질하듯
염불하며
천성산 오르는 길
들려오는 염불소리
극락 같더라

원효성사 사자후
천명의 성인에게 빛이 되고
절벽 중의 암굴(巖窟)에는
중생앙접(衆生仰接) 위하여
서 있는 아미타불

과거에도 계셨고
현재에도 계시고
미래에도 계실 님이여
암굴 수행 다섯 비구
어디로 가셨나

서방정토 어디인가?

미타암 뜨락에 서니

도량에 스치는 구름

번뇌 절로 녹으니

이 자리 서방정토 아닌가

---

* 경남 양산시 주진로 379-61

화왕산 관룡사*

관룡사 오르는
언덕배기에
호법의 문지기
미소품은 돌벅수
번뇌 깊은 마음을
꾸짖는가

화왕산 기맥 타고 앉은
맞배지붕 한 칸짜리 약사전
천년이 지나도록
삼재불침 명당이라
약사여래 오묘한 미소
변함없는 중생사랑이어라

푸른 하늘 담은
월영삼지에
구룡이 승천하면

반야용선 용선대에

화엄경 설하셨던 원효스님

천명대중 더불어 다시 오실까

• 경남 창녕군 창녕읍 화왕산 관룡사길 171

가슬갑사* 옛터에서

문복산 드린 바위
어느 고승 쉬어 갔을까?

세속오계 받아든
귀산과 추항, 그 화랑의 얼
능선 이어진 봉우리마다
문복산록 달리던 낭도들의 기개
환청으로 살아나고

원광법사 선정삼매 들었던
가슬갑사 옛터
푸른 산죽 흔적처럼 남아서도
개살피 깊은 계곡
찾는 오는 이 없어라

———
* 경북 청도군 운문면 신원4길 37

구룡산 반룡사*

원효성사 오심은
반룡사 창건 인연이요
심지왕사 오신 뜻
중창의 인연이라
가람의 무상 세월이여
반룡노을 속으로 사라졌네

고려국 원응국사
옛 성인 덕을 기려
빈산의 칡넝쿨
번뇌 지우듯 걷으니
다섯 암자 많은 대중 깃들어
구룡(九龍) 승천했을까

변함없는 반룡낙조
가슴에 품은 이
원효성사 다시 오실

불연(佛緣)의 꿈 꾸시려나

구룡산 기슭으로

풍경소리 메아리친다

⁕ 경북 경산시 용성면 용전1길 60

군위 화산 인각사

가을 깊은 화산
기린의 뿔 어디인가
학소대 절벽
붉은 단풍이 좋아
원효스님
이 가람 세우셨나?

고려국 국사 마다하고
기린이 품은 이 도량 오시어
노모 봉양 올리신
효심 깊은 일연선사 사표(師表) 되시고
방방곡곡 깃든 설화
모아모아 삼국유사 엮으셨네

님 떠난 인각사
세월풍파 비껴 갈 수 없어
제행무상 인연 중에

석불 석탑 남아

천년세월에 묻혀

다시 오실 이 기다렸구나

경주 흥륜사

전법의 순교자
불연(佛緣)의 씨앗 되기로
목숨을 바치시니

거룩한 머리 하늘로 솟아
제석천 감동하여 꽃비 뿌리고
이적(異蹟)은 불국토의 기둥 되어

천경림 푸른 숲
무명구름 걷어내고
자성 등불 밝혔다

전생의 대성
전답 시주 공덕으로
불국토 장엄 인연 지으셨고

자진삭발 진흥왕

권세 놓고 법운 화상 되시니

제석천 강림하여 중창불사 이루셨네

보현보살 다녀가신 이 도량

덧없는 무상세월

석조와 배례석 이 도량 쓸쓸히 지키다가

천년미소 인연으로

신라 땅 열 분 성인 모시고

조석으로 배례하는 수행도량 되었네

남산 삼불사*

금오산 끝자락

아늑히 들어앉은 선방사 터

만행하던 옛 스님

야생차 꽃향기에

바랑 풀어 내려놓고

돌무더기에서 찾아낸

잠든 탑의 오장육부

흩어진 돌부처님

폐사의 아픔 딛고

세상에 나와 보니

부질없는 세시풍습

코 닳아 사라져도

가만히 지은 미소

슬프도록 아름다워

구전으로 전하는 이야기

눈 어두운 재상 위해

보여주신 방편

사자 탄 보현보살

배리(裵里)의 하늘로 날아올라

이적을 보이고야

삼존불 염화미소 마음 열어 통했을까

* 경북 경주시 포석로 692-25

내연산 보경사[●]

청하골 깊은 계곡
십이폭포 많기도 하지
얽힌 전설 흘러내려
만추에 풀어놓는
보경사 너른 마당

노전스님
무심한 염불소리
추녀 끝 맴도는
맑은 목탁소리
물빛하늘 닮았어

청천(靑天)에
올올이 걸린
주홍빛 홍시
거기 빠진
나그네 시선 망중한(忙中閑)

_____

● 경북 포항시 북구 송라면 보경로 523

무학산 불굴사[*]

팔공산 남쪽 무학산에

갓바위 바라보는 할미 약사여래

원효스님 인연으로 출현하셨네

선지식 찾아온 계곡에

스님들의 수행자리 터만 남아

덧없는 세월 무심하여라

유신 장군 수련하던 홍주암

꿀맛 같은 장군수 마르지 않아

독성각 올라보면

기암절경 높은 곳에

나반존자 선정삼매 중이라

아래를 굽어보면 사바요

산천을 둘러보면 천태산정이라

마음 비워 머무는 자리 산바람 분다

---

[*] 경북 경산시 와촌면 불굴사길 205

불령산 수도암*

가야산 연화봉 지혜등불 형상이라
그 기운 받아 수행하는 자리
불령산 수도선원
명안종사 수행처라
도선국사 칠일칠야 춤추었고
청정법신 비로자나 돌부처로 오시니
도량의 칡넝쿨은 흔적 없이 사라져
철마다 찾아드는 눈 밝은 운수납자
옛적부터 끊이지 않으니
십육나한 도량 옹호 영험 있어
선방의 죽비소리 수도산 호령하네

---

* 경북 김천시 증산면 수도길 1438

64

소백산 용문사*

신라 경문왕 10년 어느 날에
두운선사(杜雲禪師) 만행길
소백산 금곡천 가던 중에
커다란 바위에 용 두 마리
어느 생의 인연이었나
길라잡이 용신의 도움으로
험난한 산길 올라 찾은 길지(吉地)
초막 짓고 수행하셨다

고려 태조 왕건이 머물 적에
운무(雲霧) 속 청룡
길 이끈 인연으로
이 가람 중창하여 용문사라 하였다
영남 제일 강원으로
구름같이 모인 대중
임진왜란 고난 앞에
호국불교 깃발 세웠다

자운루(紫雲樓)에 밝힌 구국의 등불

후세의 귀감되어 만고에 빛나더라

운제산 오어사*

옛날 옛적에 이야기
운제산 청해 역사 어디로 갔나
이 도량 지키는 신장되어 있을까

항사사 구름다리 아래
혜공 원효 법거량 하여
되살아난 물고기, 오어사(吾魚寺)라 했다

정갈한 대웅전
수행하던 나무기둥
세월 흔적 골이 깊다

철 늦은 눈
산천에 하얗게 내리는 날
시간 잊고 도량에 앉았는데

삼국유사 이야기

요사채 굴뚝에

하얗게 풀어내는 저녁이다

* 경북 포항시 남구 오천읍 오어로1

주왕산 주왕암

멀고 먼 이국땅
첩첩 산중 깊은 골에
일장춘몽 서린 한
물소리로 씻어내고
바람우는 소리
통곡을 대신하여
한 평 남짓
암굴로 은둔하여
신선으로 살렸더니
주린 목 적시려
굴 밖으로 나섰다가
아! 애닯다
아귀같이 쫓아
천리 길로 날아든 화살
생을 마친 주왕이여…

천년세월 흐른 이때

가을 깊은 주왕굴에
찾아 왔더니
붉게 물든
저 바위 단풍나무
선혈처럼 짙은데
지나가는 사람은
한 맺힌
전설 모르고
님의 넋 달래는
스님의 독경소리
눈물처럼 계곡을 흐르는데
무상세월 노래하는
만산홍엽
무심히 가슴에 꽂힌다

천등산 봉정사

대망산 바위굴에
능인대사 깊은 수행
천녀가 감동하여
하늘에서 내린 등불
천등산 밝혔어라

의상대사 날리신 종이봉황
내려앉아 머문 자리
봉정사 산문 열고
화엄법문 설하시어
강당의 화엄법향 얼마나 드높았을까

세월 흘러
덕휘루 단청 흔적 사라져 가도
선방수좌 높은 기개
가을국화 향기보다 깊어
천등산 화광삼매 기다리노라

천축산 불영사

불영사 가는 길
십리 계곡 왕피천
속세의 번뇌
세심(洗心)하고 불영교 건너면

의상조사 법력으로
아홉 용 물리친 구룡지에
백일을 피는 꽃
붉어 아름다운 자태 피고지고

고즈넉이 앉은 도량
피할 수 없는 환란
몇 차례 흥망성쇠 겪었을까
소운대사 원력으로 이 도량 이루었네

부처바위 그림자 드리운 연못
연꽃 피어
도량에 꽃향기 가득하니
스님은 삼매에 드시겠네

청도 덕사

청도천 물길 쫓아 흐르는
주구산 기세 멈출 수 없어
떡을 주는 형상이라
옛 스님 혜안으로
가람을 세우셨네

언덕배기 덕사
종소리 울면
이서국 전설 깨어나
청도벌 석양에 물들어도
망국의 세월은 가고

염불소리
바람에 묻어가는
언덕길 오르면
영산보전 석조여래 삼존불
온화한 미소 번뇌 녹아라

청량산 청량사*

문수보살 나투실 듯
가을안개 청량산을 감싸고
열두 봉우리 홍련
붉게 물드는 저녁
오층석탑 삼매 드는가?

탑전에 촛불 밝혀
기도하는 아낙네
달빛 받으며
시름의 깊이만큼 눕는 그림자
스님의 독경소리 홀로 청량하다

기암절벽 곳곳마다
도심(道心) 깊은 토굴
스님은 떠나고 잡초만 무성한데
별빛 총총 내리는 밤이면
탑전에 맴도는 님의 소리

* 경북 봉화군 명호면 청량산길 199-152

팔공산 백흥암

팔공산 은빛바다 흐르는 소리

물소리

새소리

바람소리

가슴에 담아 오르는

인종 태실(胎室) 인연도량

백흥난야(百興蘭若)에

누이 같은 스님들

심검당에 앉아

세 달을 하루같이 태우는

수행의 숨결

맑은 정월 대보름달

극락전 뜨락 화두처럼 앉았다

압곡사*

옛스님 인연 찾아
목기러기 날렸다지
구름 타고 왔을까
바람 실려 왔을까
선암산 허리
천년 묵은 풍경이
저 홀로 운다

인적 드문 산길 올라
가쁜 숨을 몰아쉬니
속세의 인정도 잊겠다
기러기 한 마리 날아드는
언덕배기 암자에
노송(老松) 한 그루
푸른 절개를 지키고 섰네

산산골골 내다보는 차실에 앉아

그윽한 차향도 좋지만

스님의 맑은 미소가 더 좋다

● 경북 군위군 고로면 현리낙전길 836-144

팔공산 운부암

팔공산 중악(中岳)
연화봉 아래 길상 수행 터
의상대사 찾아오니
상서로운 기운 구름처럼 모여
운부암(雲浮庵)이라 했다

불이문 돌계단 오르면
빛바랜 보화루
오랜 세월 수행처럼
속세의 바람 막고 앉아
운부난야 선원 지켜서 있다

보화루 차실에 앉아
창문을 열고
차향 한입 머금고
붉게 물드는 산자락
가을빛 연화봉에 빠져보라

원효암*
– 석불 앞에서

님 그리워 찾은 도량
수묵화로 잠들고
세월에 묵은 삼층석탑
풍경소리 벗 삼아 삼매 중이고

원효스님 자취 품은
암자 안고 돌아
마애불 오르는 길
산새소리 낯설지 않다

솔바람에 땀 씻고
차 공양 올리는데
풍파에 닳은 자릿돌
차향 배여 그윽하다

세월에 묻힌
석불의 희미한 미소

비움인가

기다림인가

* 경북 경산시 와촌면 갓바위로 386-73

은해사(銀海寺)

혜철국사 혜안으로
해안평 너른자리 천년을 열었으나
제행무상 덧없는 세월
피할 수 없어 옮겨갈 인연이라
천교화상 살피시어
중악 아래 터 잡으니
산안개 내리면 열리는 은빛바다
아미타불 상주하는 도량이로다

보화루 용마루에
별이 앉으면
팔공산 능선 따라
은하수 흐르고
종소리 우는 새벽
노전스님 염불소리 맑아
극락보전 기도하는 신심단월이여
은해세계 아미타불 친견하소서

중암암*

1. 봄

돌구멍절 암자에
봄바람 불면
포로롱 포로롱
방울새 날개짓
가지마다
파릇파릇
갈참나무 기지개
팔공산을 깨우네

2. 극락굴

좁은 바위 틈
화엄굴에
마음 비워야
통하는 길 있어

옛날 옛적 전설에

극락 간다고

욕심일랑 비웠나

무시로 찾아드네

• 경북 영천시 청통면 청통로 951-880

진불암[*]

팔공산 속살 엿보며

치산 계곡 오르면

치맛자락 펼친 듯

산수화 그려놓은 너른바위

세상시름 잊을

공산폭포 지나면

솔향 가득한

인적 드문 산길

무거운 마음으론

진불의 향기는 멀다

그리움 담아 오르면

만나는 공산이 품은 도량

좌우로 문수 보현

관음봉 바라보는

암자는 불국토이어라

---

[*] 경북 영천시 신녕면 치산관광길 404-1

팔공산 환성사

심지왕사 오실 적에
대중이 운집하니
자라바위 공덕이 절반이라

운수납자
얼마나 모였을까
전설에 전할 뿐

연못 덮고 자라바위 사라진 후
스님들 떠난 옛터
누구의 허물인가

금송아지 울음소리
모를 계곡에 묻혀
돌아올 기약 없다

학가산 봉림사*

전신은 의상스님 법화사요
후신은 징월스님 봉림사라
보현산 내달린 산바람
들려주는 전설에
도량을 둘러보니
홍매화 깨어나는 봄날이다
오리장림
철 이른 숲길에는
쑥내음 봄볕에 영그는가
굽이굽이 걸어 오르는
아낙의 손에
민들레며 쑥이며
가득한 봄 향기
봉림사 가는 길 멀기도 하다

---

* 경북 영천시 화북면 천문로 2149-368

화악산 도솔암[*]

화악산 명당자리

산안개 헤쳐 올라보니

아득히 보이는 청도읍

속세라 할 만하다

산바람에 씻기는 번뇌

여기가 도솔천인가

높은 터 제비집에

제비 간 데 없고

옛스님 자취

세월 속으로 사라져 갔어

풍경소리

바람에 우는 날에

도솔암 부처님 전

지심귀명례

———

* 경북 청도군 청도읍 월곡안길 28-293

화악산 적천사*

화악산 품안에
원효스님
보조스님 거닐던 도량

푸른 육송 세월 잊은 듯
솔바람 향기로워
다소곳이 앉은 자리

계곡 울리던
종소리는 사라져도
역사에 남았네

옛 자취 그대로
도량을 지키고 선
천왕문 앞에는

옛 스님 남기신

은행나무 지팡이
천년을 살아

해마다
남기는 무상법문
아는 이 있는가

적천사 가을
법우 내리면
은행나무 찾는 이 끊이지 않네

◦ 경북 청도군 청도읍 원동길 304

금오사*에서

다듬는 도량이야
꽃 피면
지는 가을 맞이하고

다듬을 마음인즉
꽃이 저도
꺼질 줄 모르는 빛이라

등잔을 든 행자여
불씨 밝혀
도량을 빛내소서

무엇이 불씨인고
세세생생
오고가는 주인공

나무아미타불

염불이나 구불이나
꺼지지 않는 불꽃이라

장마에 그치지 않는
처마 끝에 빗소리
염불인 양 나무아미타불

천지간에 천둥소리
심간(心間)을 파고든다
석불의 미소 닮아가는 때(時)

---

* 경북 칠곡군 북삼읍 금곡길 114

깨어라(풍경)

하루 내 우는 건
무슨 일인가?
내면에 물결치는 파도

깨어라!
깨어라!
읊조리는 풍경(風磬)

다 보여

달빛 밝다고
창 없는 방 밝을까?
가만 앉아
들숨 날숨 하다 보면
다 보여

다비장에서

사바세계 인연 다해

연화대로 가시는 길

형형색색 만장마다

열반을 노래하고

타오르는 불꽃은

한줌 재로 가는 연꽃

상좌승의 눈물이여~

장엄염불 애닯다

하늘로 오른 연기

별빛 되어 밤새우고

아침이슬 맺히듯

영롱한 빛으로 돌아오리라

보림사*

대성산 연화봉 아래

석조여래 미소 깃든

보배 숲 세운 도량

벽송 두 그루

천년 기한

뿌리 내리네

조석으로 찾는 발길

불자의 고향이라

자비로써

화신보살 거두어

업장소멸 인연 맺어

네 가지 한량없는 보살행

거룩한 가풍이여

불국토 이루소서

---

* 보림사는 대구 수성구 만촌동에 있는 도량으로 사찰 내에 장애인복지
  관을 운영하는 도량이다.

비슬산 대견사*

부처님 누워 계신 비슬산에는
유가사도 있고
소재사도 있는데
일연스님 자취는 간 곳 없어라

명당지기 굽이쳐
대마도를 누르기로
흥망성쇠 고리가 되었을까?
떠나신 장륙관음 다시 오실 인연이다

지나간 일장춘몽
홀로 선 삼층석탑 알겠지
합장서원 하옵나니
이 도량 목탁소리 이어지게 하소서

---

* 대구시 달성군 유가읍 일연선사길 177

팔공산 갓바위(약사여래불)

관봉(冠峰) 덤불 속에
묻은 세월
시절인연 기다림이었나
영험 깃든 돌부처님
세간에 출현하니
찾는 발길 밤낮 없어라

갓바위 부처님
소원하나 이룬다고
사람마다
소원은 다르지만
절하는 마음
오직 한길

시작이 어려운 길
산꼭대기 오르는 게
어디 쉬운 일인가

마음 비워 오르면

자비미소 만나리

나무 동방 만월세계 약사유리광 여래불

팔공산 동화사

심지대사 팔간자(八簡子)
인연 찾아 날아든 터
팔공산 기슭에는
동짓달에도
오동나무 꽃 피는 자리 있어
동화사(桐華寺)라 했다

해동의 조사 스님들
심법(心法)을 전했으며
속세 아비규환 휩쓸릴 때
불살생계 접어두고
호국의 길
하화중생 몸 던진 도량

개산 이래 천년 후
조국통일 염원하여
석조약사여래(石造藥師如來) 나투시니

원음각(圓音閣)의 종소리

이고득락(離苦得樂) 서원 담아

달구벌로 달리네

망월지에서(불광사)*

망월지(望月池) 바람 불어
산승의 옷자락
초승달 아래 물결치고
선정에 든 석불
산 그림자에 묻혔다

새벽까지
멈추지 않는 기도
춤추는 등불이여,
대숲에 이는 바람
님 오시는 소식인가?

---

* 대구시 수성구 욱수길 46

무문관*

동안거 들었다
문 없는 문으로

눈 내리는 동짓달 그믐
밖으로 잠근 쪽문

공양바루 나올 기척 없이
매화꽃 피고지고

댓돌 위 검정 고무신 한 짝
세월먼지 쌓이던 하안거

간간히 기침이라도 있으련만
삼매로 타오르는 사투

무심한 바람만
쉬어갈 뿐

어두움 내리는 처마 아래

등불 홀로 성성적적이어라

● 양산시 영축산 조계암 내 무문관

박물관에서

모년 모월 모일 모시 실려 왔다고
여기저기 돌조각이 말하네
어떤 것은 머리 잃고
어떤 것은 몸통 잃어
홀대 받는 몸이라고
넋두리 한나절은 들었네
역사의 쓰나미 피하지 못해
무너진 암자에서 보쌈 당한
5층짜리 신라석탑
깨어지고 닳은 몸
겨우 지탱하였지만
오장육부 해부당한 허수아비 되었다

백련 피는 풍경

아침 햇살에 잠 깨어
이슬 머금은 커다란 잎 사이로
쑤~욱 비집고 나와
고운 미소 지으며
막 삭발 마친 사미니의 뒷모습처럼
아득한 그리움을 피워내는구나

불광산 장안사[*]

불광산 토굴에서
원효스님 수행 중에
중국 종남산 향해 날린 판자
빛으로 날아
대중 구한 인연으로
구법 위해 찾아온 척판암
전설 담은 암자

임진난 겪은 도량
의월대사 원력으로 중창하고
태의대사 중건한 뜻
중생고뇌 위함이라
중생병고 다스린 무애백차
무애행 남기신 법향
후대에 귀감되어 차향 전하네

———
[*] 부산시 기장군 장안읍 장안로 482

106

살풀이

진흙탕에 뒹굴어도
살아 이생이라 하였는데
어쩌자고 그렇게 먼저 갔노
저승길 그리 보내기 아쉬워
산해진미 차려 본들
가는 길 어찌 미련 떨칠까?

보내는 길 애닳아서
무녀 불러
춤사위로 위로하는
하얀 소복도 서러운데
떨리는 손끝으로 젖는 허공
명주천 긴 자락 풀어내는 살풀이

덧버선 밟는 장단 서산 너머 가는구나

새벽기도

새벽공기 가르며
승천하는 목탁 소리

홍제스님 도량송
잠을 깨우네

송글송글 땀방울
백팔참회로 풀어내는 업장소멸

부처님 가피
있든 말든

관음보살 찾는 소리
마음의 안락이라

새벽바람에 눈뜨고
또렷이 밝아오는 마음자리

이보다 더한 즐거움
어디 있겠나

조계사[*]

봉황 알을 품는 터
조계사에는
새벽부터 참배객 끊이지 않아

신장되어 지켜 선
회화나무 그늘 아래
순례자의 서원 끊이지 않아

목탁소리 도시의 새벽 열어
조계의 법향 피어오르면
근기는 다르지만 불심은 충만하다

누가 법등 밝혀
전법의 발자국 남기는가
스쳐간 인연 되어 뜨락에 서다

———

[*] 서울시 종로구 우정국로 55

설악산

새벽 깨워 오르는
백담에는 아직 푸른 산안개
계곡 깊은 기암절벽
가을빛에 물들어

불이야
불이야
산산 골골 타는 불
이 마음 저 마음 붙은 불길
흐르는 물로 끌 수가 없네

물이야
물이야
굽이치는 암반의 폭포수길
은방울로 튀는 물
가슴 씻어 세상시름 잊겠네

은해사, 밤으로 가는 길

먹물보다 짙은 산

묵언 수행 중이고

보화루 처마에 매달린

풍경은 주절주절

일상을 끝낸 스님 창문 밖

개울은 무슨 할 말 저리 많은지

구례 사성암

섬진강 오백 리 물길
흐르는 세월 중에
오산 암벽 뿌리내린 노송은
사바(娑婆)의 애환 다 보았을까?

구름 위 도선굴은
옛 스님 수행처
네 분 성인 출현하여
불광(佛光)을 밝히셨다

원효스님
손톱으로 그린
약사여래 화현하여
찾는 이 끊이지 않아

돌계단 올라
허공법당 들어서니
유리광전 비치는 서광
구례 너른 벌로 달빛타고 흐른다

금오산 향일암*

신령한 거북이
세존도 향해
경배하는 영구암(靈龜庵)

바위 틈 지나 오르는
작은 암자
관음보살 영험 깃든 길상 터

새벽하늘
드리운 여명처럼
빛으로 오시거니

인적 끊긴 절애(絕涯)
백의 자락 날리시니
지극하면 법향(法香) 그윽하리

———

* 전남 여수시 돌산읍 향일암로1

달마산 미황사

우전국 금인(金人)
해남으로 인연 찾아 왔네
사자포에 닿은 돌배
의조화상 법력으로
금함과 검은바위 내렸더니
검은바위 소가 되어 인연처 찾아가다
가던 길 멈추고 아름다이 울어
미황사라 하였다네

만물상 합장하고
다도해 경배하는 도량
반야용선
천불 모시니
도량 장엄 거룩하여라
어제, 오늘 둘이 아니면
황혼 같은 미소 지닌 주지스님
세월 건너 다시 오셨나

모악산 불갑사*

인도 스님 마라난타 행사존자(行士尊者)
바다 건너 인연지 찾아
처음 닿은 법성포에
호남삼갑(湖南三甲) 불갑사 세우셨다

각진국사 계실 적
일천 대중 수행도량
법향만리(法香萬里)
대가람 이루었고

설두대사 나무배
사천왕상 이운하여
옹호도량 원력으로
천년세월 지키시다

인도공주
품어 온 열매

참식나무 뿌리내려

그리움은 숲이 되고

이루지 못하는 사랑

꽃무릇 전설

가을이면 천지에 피어

붉은 꽃빛 물드는 도량

● 전남 영광군 불갑면 모악리 8

모후산 유마사*

사바세계 육신으로
유마운 딸로 오신 이
관음화신 보안이여
모후산을 향한
속세의 절연(絕緣)
무슨 인연인가요?

제월정 품은 달
어느 때에 만나
전설로 전해오는
둥근 달
물바가지에 담아내면
관음보살 친견할 수 있을까

---

* 전남 화순군 사평면 유마로 603

용구산 용흥사[*]

용흥사 느티나무
300년 긴 세월
흥망성쇠 지켜보았는가

지극정성 맺은 태중인연
궁녀 최씨 숙빈 되니 영조임금 어머니라
용흥사는 왕실 위한 원찰 되었네

무상한 세월이여
용은 어디 가고, 거북은 어디 있나
유물로 남은 동종의 법음 변함이 없다

---

[*] 전남 담양군 월산면 용흥사길 442

118

백양산 백양사

백암산 기개
산안개로 감추고
홍매화 향기
동안거 소식 묻는다
선방 댓돌에 쉬던 바람
쌍계루 연지에 물결 일으켜
백학 홀로 춤추는 도량

고불매(古佛梅) 기품인 양
드높은 수행가풍
환양선사 사자후(獅子吼)에
운수납자 용맹정진 끊이지 않았으니
백학이 우는 날에
깊은 계곡 선방(禪房)에서
백양의 사자후 있으리라

불일암*
— 법정스님을 그리며

불일암 뜨락에

봄이 드니

불쑥불쑥

터져 나오는

황톳빛 그리움

어느 날

소담한 미소

보여주신

그날 밤처럼

수줍게 고개 드는

달맞이꽃

뉘 오셔 반길까

달빛으로 오시어

환하게 피는 미소

맞이하실까

툇마루 차향이

그리운 날에

님 아니 계시니

산새소리 메아리치는

산자락

쓸쓸하여라

조계산 산길 따라

오른 댓바람

그리움을

저리 노래하며

스님의 향기 배인

빈 의자만 손님을 반기네

조계산 송광사

보조국사 지눌의 후손
십육국사(十六國師) 법을 이은
정혜결사 수행도량 조계총림
만고의 귀감 되었네

수선사(修禪社) 깊은 밤
등불 꺼져도
눈 밝은 수좌
잠들지 않아

석두화상 법맥 이은
다섯 봉우리
조계의 뜨락을 밝히시니
선풍이 당당하다

법을 찾는 행자여
속세의 번뇌일랑
사자루 계곡에 씻어내고
큰스님 사자후에 눈을 뜨시게

천관산 화엄사*(천관사)

영통화상 개산하실 때

천관산 기슭

동백꽃 붉은 향기 가득했을까

조선이라는 계절풍 앞에

서럽게 떨어지는 꽃잎처럼

일천 대중 자취 없이 사라지고

3층 석탑 저 홀로

억불숭유 모진 바람 버티고 있었겠네

까치의 울음 손님을 부르는데

고로산방 차실에는

빈 찻잔 가지런히 앉아 참선 중이다

---

* 전남 장흥군 관산읍 칠관로 1272-473

천봉산 봉갑사*

봉황이 깃드는 계곡
구비치는 전설로
보성강 뱃길타고 오셨을까
호남 삼갑(三甲) 봉갑사
개산조 아도화상
법등 밝히셨다

각진국사 중창 서원
전설로 남은 옛터
시절 인연 도래하여
각안스님 원력으로
적멸보궁 세우니
신심단월 찾아오는 도량되었다

하늘문 오르는 계단
층층이 불국토라
어느 날 어느 때

법련(法蓮) 만개하는 인연시(因緣時)

천봉산 기슭

법향 진동하리라

* 전남 보성군 문덕면 단양길 296-6

천불산 운주사*

도선국사 원력으로
천불천탑 비보사찰 세웠으나
정유재란 피할 수 없어
돌부처 깊은 잠에 들었다가
자우스님 원력으로 천불천탑 깨어날 때
와불상 시절인연 용화세상일진대
중생의 삶 고달파서
저마다 서원품고 조성하던 석불들
제각기 다른 얼굴 미소는 닮았어

산기슭에 돌부처
이모저모 살펴보니
내 얼굴 같아
어쩌면 전생에
내 손길 닿았을까
천불천탑 사연 많은
전설이야 접어두고
마음 가는 모양새
인연이 아니겠나

천관산 탑산사*

탑산사 오르는 길
동행하는 안개비
비에 젖은 기와 파편
어서 오라 반기네

가쁜 숨 고르고
사방 둘러보니
안개에 숨은 천관
불보살 친견 인연 아직 아닌가?

십년을 기한 없이 살고 있다는
스님의 전설 이야기는
과거칠불 가섭불 쉬어간 전설
천관보살 상주 도량이란다

아득한 옛적 인도의 아쇼카왕
백제국 천관산 어찌 왔을까

아육왕탑 불사리 봉안은

동방의 불연(佛緣) 위한 순례였어

* 전남 장흥군 대덕읍 천관산문학길 301

방장산 상원사*

불심 전하려
찾아오신 스님
방장산 아래
팔방구암(八方九菴) 세우고
고창 너른 벌
가가호호
두루 중생제도 하셨네

피할 수 없는
세상사 인연
억불숭유 모진 바람
여덟 등불 꺼졌지만
부처님 영험으로
상원사 저 홀로
삼재팔난 피하였다

도량에 핀

상사화

어느 생에

님 그리워

천지에 나온 꽃대

만나지 못한 그리움

저리 붉게 피우는가?

● 전북 고창군 고창읍 상원사길 214

선운산 도솔암

도솔천 어디인가?
천마봉 올라보라
미륵불이 업고 있는
내원궁 좌정삼매 볼 수 있다네

위없이 깊고 깊은 미묘한 법이여
선운사 계곡 물소리 벗 삼아
지장보실 염(念)하며 산길 오르면
만나는 도솔의 풍경소리

위덕왕 불심의 인연으로
검단선사 육도솔암 세우셨다
그중에 상도솔암 지장보살 화현으로
인연중생 입은 가피 셀 수가 없네

나랏일 불행하여
보쌈당해 물 건너가실 일을

꿈속의 일로 미혹 중생 가르치니

훗날 이 땅의 중생 위해 떠나시지 않음이라

나무 지장보살 마하살

원암산 원등암*

원등암 나한전 굴속에
닫힌 석함
전라감사 오시어 열기로 되어 있어
많이 이 오고 갔으나
오직 김성근만 열 수 있었네

전생의 해봉은 누구이며
후신의 김성근은 누구인가
보여주신 글을 보라
遠岩山上一輪月影洛漢成作宰身
원암산위 둥근달의 그림자가 한성에 떨어져 재상의
몸을 받으니
甲午年前海峯僧甲年以後金聲根
갑오년전의 해봉스님 갑오년후 김성근이다

석함의 뜻
완주 땅 등불이요

원등암의 불연(佛緣)이라

환생으로 보이시니

구름 아래 수행처가 되었다

* 전북 완주군 소양면 원등산길 386

정진

해 지면
보금자리 찾아드는
새처럼

찾아온
새벽 깨워
정진하는 원각도량

매일매일
마음으로 노래하는
반야의 노래

때 늦은 발심
극락이 따로 없는
이때 이 시간

제주 법정사[*]

그 누가 잊겠는가?
1918년 10월 7일 높이 든 등불
연일스님 사자후로
법정사로 모여든 남녀노소
하늘에 격문 외쳐 고하고
한마음으로 지르던 함성
잠들었던 한라산 깨워
물 흐르듯 모인 700인
나라 잃은 조국의 아픔
오롯이 뜨거운 심장만으로
만세운동 활화산이 되었다
몽고침략에 저항하던 민족혼
항일의 횃불로 되살려
백록담은 봉화대 되어
방방곡곡 독립운동 불을 밝혔다
촛불 어둠을 밝히고 사라지듯
역사의 뒤안길로 사라진 법정사 뜨락

소슬한 바람만이 풀섶을 스쳐간다

* 제주특별자치도 서귀포시 1100로 740-168

서귀포 법화사*

신라 장군 장보고
바닷길 지키는 용왕 되었나
연꽃 피는 이 도량에
법화사 세웠더니

아, 성주괴공(性住壞空)
주인공 되어
폐사의 시련 겪고도
금당지에 대웅전 다시 섰네

적적(寂寂)한 이 도량
우뚝 선 구화루는
참선하는 스님의
청산 같은 뒷모습이라

연못가에 배롱나무
수줍게

백일을 피고 지고

연꽃향기 진한 바람 잊을 수 없다

● 제주특별자치도 서귀포시 하원북로35번길 15-28

한라산 관음사*

노전스님 염불소리
대웅전 감고 도는
관음사는 새벽기도 중

편백 향기 머금은
돌담길 돌부처님
손 내미는 중생계

새벽안개 속
어미 찾는 새끼 노루
숲으로 찾아들고

새벽 깨워
도란도란
법당으로 가는 소리

억불숭유 200년 폐사지

해월굴에 수행정진 봉려관 비구니

제주 법등 밝혔다는 이야기

● 제주특별자치도 제주시 산록북로 660

죽비소리

여덟 가지 고통*
죽비 삼아도,
염불소리 간 곳 없고
오락가락 번뇌라
잠들지 못하는
사바세계
염불삼매 놓지 않으려
뒤척이는 밤이다

---

* 여덟 가지 고(苦)
1. 생(生) : 태어남은 고통의 시작
2. 노(老) : 늙어감은 피할 수 없는 시간의 고통
3. 병(病) : 피하지 못하는 병고, 병들면 고통이 따른다.
4. 사(死) : 죽음도 이 세상 누구도 부처조차 피할 수 없는 것
5. 애별리고(愛別離苦) : 사랑하는 사람과 헤어지는 아픔
6. 원증회고(怨憎會苦) : 원수를 안 보려야 안 볼 수 없는 고통
7. 구불득고(求不得苦) : 얻고자 해도 다 얻을 수 없는 고통
8. 오온성고(五蘊成苦) : 다섯 가지 몸의 구성요소로 일어나는 고통
　　　　　　　　　　　　　눈, 귀, 코, 혀, 몸뚱아리

간월암[*]

예전에도 물었고
지금도 묻노니

달을
보았는가?

마음을
보았는가?

무학대사
선정 들던 간월도 토굴자리

달빛은 고요하나
쉬지 않는 파도의 숨소리만 들렸겠지

만공스님 파안대소(破顔大笑)
간월암 새벽 열고 뛰쳐나왔네

———
[*] 충남 서산시 부석면 간월도1길 119-29

도비산 부석사*

십년 구법수행 돌아서던 귀국길
의상스님 사모한 선묘낭자
서원하고 황해에 몸 던져
천리 뱃길 망망대해 수호용신 되었네

화엄법계 수승한 법
각처에 펴던 의상스님
도비산 중턱 명당자리
화엄도량 터 잡을 때

선묘낭자 부석으로 몸 나투어
중생심 교화하여
도량을 세우시니
전불심등(傳佛心燈) 인연이어라

경허선사
만공선사

서산의 달이 되어
도비산 어둠을 밝히셨네

선묘각 낭자의 넋
이 도량 지키는가?
느티나무 높은 가지
낮달 걸렸다

⎯⎯⎯
● 충남 서산시 부석면 부석사길 243

논산 관촉사*

고려 광종21년 반야산에
돌부처님 출현하실 기적이라
시골아낙 인연으로 세상에 나올 적에
아이 울음 산천에 메아리 쳤다더라
혜명스님 미륵불 조성할 때
문수보살 보현보살
동자로 화현하여 방법을 보이셨다

석불 친견 지안대사
백호광명 촛불처럼 밝아서
관촉이라 하셨더라
미래세 오실 보살이라
순례발길 끊이지 않으니
동방의 등불 되어
난세의 피난처가 되셨더라

용화세계 어디인가

과거에 오셨고

지금 법등 밝히시는 여기 아닌가

삶에 지친 중생의 마음에

침묵으로 섰지만

팔난이 있을 적에

서광 비춰 나투시네

高居兜率許躋攀

도솔천 높은 곳에 계시면서 올라감을 허락하시고

遠嗣龍華遭遇難

멀리 이어나갈 용화세계 만나기는 어려워라

白玉毫輝充法界

백옥의 터럭에서 빛을 비치니 법계에 충만하여

紫金儀相化塵寰

자금색 위의와 상호로 속세 교화하시네

⦁ 충남 논산시 관촉로1번길 25

상왕산 개심사*

산사 품은 상왕산(象王山)
코끼리 타고 나타나는
문수보살 상주 도량이란다

서산4경이라
아름다운 개원사
지극한 불심 백제의 혼이었다

혜감국사 법향의 그늘
일곱 선지식 낳고
운집대중 마음 열어 개심사라 하였다

도절사 김 서형 살생업
피할 수 없던 상왕산 화마(火魔)
조선 억불 겪은 도량

세심동으로 거듭나

경허선사 법향으로 후대의 안식처 되니

코끼리 연못 경지에는

봄에는 향기로운 꽃 천지

가을에는 아름다운 단풍천지

이 도량 시시때때 극락이더라

● 충남 서산시 운산면 개심사로 321-86

연암산 천장암[*]

하늘이 감춘 연암산 천장암에
담화스님 법신(法身) 메아리쳐
도량으로 이끄는 법연(法緣)

경허스님 태평가
뜨락의 저 고목은 들었을까
다녀가신 옛사람

담화는 누구이며
경허는 누구인가
길 없는 길 가는 이 찾아드는 이 도량

험한 산길 올라보니
산새의 노랫소리 예사롭지 않다
염궁(念弓, 생각의 화살)은 어디로 향하는가?

––––

[*] 충남 서산시 고북면 천장사길 100

태화산 마곡사

태화천 깊은 골
태극으로 앉은 도량
창건주 자장율사
마곡선사 기리어
마곡사라 하였네

삼재팔난 피해가는
십승지 도량
백범선생 삭발바위
흐르던 물소리
지금처럼 흘렀을까

도란도란
겨울 헤쳐 흐르는 소리
자박자박
솔향 깊은 숲으로
은적암 가는 길 적적하다

백화산 반야사*

백화산 깊은 골
흐르는 물길 잡아
전설 품은 너럭바위
문수보살 나투셨지

백수(百壽)로 지켜 선
배롱나무 꽃그늘
삼층 석탑 탑돌이
영천(靈川) 염불 소리 끊어진 적 없어라

간 곳 없는 님의 자취
어느 곳에 머무실까?
문수전 오르는 길
풍경소리 들릴락 말락

----

* 충북 영동군 황간면 백화산로 652

152

장령산 용암사*

신라국 진흥왕 2년
의신조사 구법 순례 돌아와
장령산 기슭 전법도량 세우시니
새벽이라야
용암사가 품은 여의주 만나리라
산기슭 싸고 흐르는 구름바다
춤추는 새벽의 전설이여
아시는가
마의태자 추모하여
바위에 새긴 마애불의 천년미소
운해 벗어난 햇살
바위 언덕 비치면
방광하는 쌍 삼층석탑
기도하는 아낙이여
부디 여의주 품으소서

———
* 충북 옥천군 옥천읍 삼청2길 400

탑돌이

천년 품은 석탑
고매한 자태
아, 적정삼매여
석공의 혼
달빛으로 숨 쉴 때
합장하는 마음
법희(法喜) 충만하여라
만월이 머무는
대웅전 뜨락
어떤 소원 품었길래
일백여덟 돌아가는 탑돌이
저리 간절한가
번뇌여
아, 번뇌여

팔만대장경

얼마나 간절했을까?

동장군의 북풍보다 시렸던

만주벌 넘어

남으로 밀려든 피바람의

말발굽에 밟히고

백정처럼 춤추던 칼날 아래

신음하던 이 땅에

오직 법력의 힘이어야 한다는

구원의 서원 담아

새겼던 일자(一字) 일배(一拜) 불심(佛心)

아귀 같던 정복자 물러가고

삼재불침(三災不侵) 길지(吉地) 인연 터 찾아

대장경 이운 천리 길

지나는 고을마다 받든 불심

가야산 해인사

법보종찰 인연으로 천년 법통 세우시니

흐르는 역사의 수레바퀴

묵묵히 지켜 오신 아픔의 시간 속에

조계의 법맥 이어온 수행도량

수다라장 상서로운 기운

천년세월 가야산의 등불이라

고려 팔만대장경 지혜의 등불이여!

자등명 법등명(自燈明 法燈明) 꺼지지 않을 등불이로다

풍경소리

바람 부는가?

땡그렁~~~풍경소리

하루 내 숨죽인 침묵

저녁 해거름에 하품하는 소리

하안거

하안거 둘째 보름
새벽부터 내린 비
주룩주룩
처마 끝에 내리는 법문

수좌 스님 어깨너머
멀리 매화산
안개 품었다가 풀었다가
펼치는 변화무쌍

총림 숲에 모여 앉은
선방 스님네
풍경은 바람에 울고
맑은 눈빛 형형타!

새털처럼 보드랍고 따스한
시어(詩語)로 수행자의
적멸보궁(寂滅寶宮) 108채 건립하였네.

— 백원기(문학평론가, 전 국제포교사회 회장)

먼저 명산(皿珊) 효종(曉宗) 스님의 두 번째 시집『그 암자에 가면 詩가 보인다』상재를 진심으로 축하드린다. 시인으로서의 삶 이전에 올곧은 수행자로 살아 온 스님의 모습이 시세계에 그대로 녹아 있다. 스님은 첫 번째 시집『찬물 보글보글 게눈처럼 끓는데』를 낸 이후 〈불교신문〉과 인터뷰에서 시를 쓰는 이유를 '포교를 위한 방편'이라고 밝힌 바 있다.

"제가 대구에서 포교원을 하면서 마당에서 시 전시를 했어요. 비를 맞아도 손상이 없는, 그래서 시를 전시를 해놓으니 오고 가는 분들이 많은 감흥을 받으시더라고요. 그렇게 스님이 쓴 시를 사람들이 듣고 보고 마음에 어떤 감흥을 받았어요. 그래서 이것 또한 큰 포교의 방편 아니겠나 하는 생각을 했습니다."

수행자가 깨달음을 얻고 포교의 원력을 세워 정진하기 위해서는 끊임없는 운수행각을 하지 않으면 안 된다. 그중에서도 수행처, 즉 사찰을 찾아 마음을 다스리고 정진하는 일은 수행자의 본연의 모습이기도 하다. 효종스님이 이번에 상재한 시집 『그 암자에 가면 詩가 보인다』는 그의 시적 세계를 한결 고양시키는 동인(動因)이었다 할 수 있다. 이 시집은 운수행각을 앞두고 해인사 일주문 앞에서 스님 자신의 갈 길 선택에 있어 탈속 초연한 모습으로 시작된다. 그 시가 「가위, 바위, 보」이다.

어디로 가지?
산문 앞에 섰는데
까마귀 한 쌍
앞산 넘어가고

산문 앞에서
가위
바위
보
　　 – 「가위, 바위, 보」

어깨 너머로 스님의 당시 상황은 어려웠던 것으로 알 수 있었다. 하지만 내가 아는 스님은 '대자유인'의 기상을 가졌다. 세속인이라면 '어디로 갈거나?'를 고민하며 시름에 겨워할 게 분명하다. 하지만 스님은 훌훌 털며 '가위, 바위, 보'로 몸과 마음을 새털처럼 가볍게 만들어 버린다. 그러한 방편이 시(詩)였다. 이제 스님은 자유로운 발길을 돌릴 준비를 하고 있는 모습이다. 디젤 자동차로 말하면 먼 길을 떠나기 전에 엔진시동을 켜서 예열을 하고 있는 모습이다. 스님이 찾은 곳은 한동안 머물렀던 대구광역시와 인근한 '갓바위'였다.

갓바위 천삼백육십 계단은
들숨 날숨 차오르는 인생길
산꼭대기 낭떠러지 해우소에서
근심 털고 해탈 맛보듯
사람마다 품은 소원
하나씩 풀었으면 좋겠다.
                 – 「갓바위 해우소에서」

사실, 갓바위 천삼백육십 계단을 오르기란 그리 간단하지 않다. 스님은 그 계단을 들숨 날숨 차오르는 힘든 인생길로 비유한다. 그리고 중생들의 버거운 삶의 고단함과 근심을 산꼭대기 낭떠러지 해우소에서

근심 털고 해탈 맛보듯, 모두 털어버리고 저마다의 소
원이 하나씩 성취되길 발원한다. 이어 스님의 자아 찾
기의 운수행각은 낙산사 홍련암으로 이어진다. 그곳에
서 해조음을 듣고 의상을 인도하고 법화경 보문품을
독송하는 수많은 기도인, 즉 관음조를 만나며 관세음
보살과 교감한다.

동해바다 작은 암자 해조음
어디서 들려오는 법음(法音)인가
푸른 파도 일어나는
홍련(紅蓮) 피는 보타산

옛날 의상스님 인도하던 관음조
지금은 어떤 인연 기다리실까
흔적 없이 오고가는 낙산(洛山)에
기도가피 바라는 이 끊이지 않아

달빛 닮은 미소
자애로운 어머니
법화경 보문품 독경하는
관음조의 노래 끊이지 않네
– 「낙산사 홍련암」

달빛 닮은 미소, 자애로운 어머니 관음보살을 모신 낙산사 홍련암의 해조음을 듣고 관함으로써 깨달음을 얻는 이근원통(耳根圓通) 수행의 모습을 담아낸 스님은 밖으로 내달려 흐트러진 자신의 마음을 안으로 침잠(沈潛)하는 수행자의 모습을 견지한다. 그 대표적 관조의 시가 「죽비소리」이다.

여덟 가지 고통(苦)[1]

죽비 삼아도,
염불 소리 간 곳 없고
오락가락 번뇌라
잠들지 못하는
사바세계,

여덟 가지 고(苦)

1. 생(生): 태어남은 고통의 시작
2. 노(老): 늙어 감을 피할 수 없는 시간의 고통
3. 병(病): 피하지 못하는 병고. 병들면 고통이 따른다.
4. 사(死): 죽음도 이 세상 누구도 부처조차 피할 수 없는 것
5. 애별리고(愛別離苦): 사랑하는 사람과 헤어지는 아픔
6. 원증회고(怨憎會苦): 원수를 안 보려야 안 볼 수 없는 고통
7. 구불득고(求不得苦): 얻고자 해도 다 얻을 수 없는 고통
8. 오온성고(五蘊成苦): 다섯 가지 몸의 구성요소(눈, 귀, 코, 혀, 몸뚱아리)로 일어나는 고통

염불삼매 놓지 않으려
뒤척이는 밤이다
　　　　　　– 「죽비소리」

　잠들지 못하는 사바세계에서 염불삼매 놓지 않으
려는 스님이다. 여기에는 스님의 선정일여(禪淨一如)의
수행정신이 담지되어 있다. 또한 효종스님은 자기관조
에만 머물지 않고, 한 발짝 더 나아가는 정진의 시(詩)
도 만들어 낸다. 인내의 산고를 거쳐 만들어내는 게
아니라 자연스럽고, 일상적인 모습으로 '반야의 노래'
를 만들어 낸다.

해 지면
보금자리 찾아드는
새처럼,

찾아온
새벽 깨워
정진하는 원각도량

매일매일
마음으로 노래하는
반야의 노래

때 늦은 발심

극락이 따로 없는

이때 이 시간

—「정진」

효종스님은 2009년 계간지 『문학예술』 봄호에 시 부문 신인상 수상으로 등단한 이래 꾸준히 시 창작을 해 왔다. 그 결과 2019년 첫 시집 『찻물 보글보글 게눈처럼 끓는데』를 상재한 데 이어 이번에 『그 암자에 가면 詩가 보인다』를 선보이고 있다. '수행자는 떠돌이'라고 했던가? 이번 시집의 서문을 보니 스님은 철저한 '운수행각의 수행자'의 모습으로 살아가고 있는 듯하다. 어디에도 머무르지 않는, 부처님이 길에서 태어나 길에서 입멸에 든 모습과 닮아 있다.

"한 곳에 머무르지 못하고 떠도는 것"을 흔히 역마살이라 한다. 수행자는 다분히 그 역마살의 성향을 지니고 있기에 전국을 떠돌며 자아 찾기에 청춘을 흘려보내지 않을까 싶다. 효종 스님 역시 스쳐간 크고 작은 절의 기억을 더듬어 시를 써왔다. 스님은 "2010년 이전부터 2020년이면 십년 세월이 넘어간다. 강산이 변한다는 세월동안 나는 얼마나 변화했는가? 그 세월동안 틈틈이 적은 시를 퇴고하면서 보니 많은 시들이 변해가고 있다. 그리고 나도 또한 변해 가는 중이다. …(중략)… 이 시집을 보고 조금이나마 마음에 힐링이 되기를 바라는 마음으로 늦은 가을 산사에서 『그 암자에 가면 詩가 보인다』를 꺼내어 봅니다."라고 적고 있다.

스님은 새털처럼 자유로운 수행자다. 지금도 정주(定住)하는 사찰이 없다. 어떤 연유인지는 몰라도 지금도 머무는 사찰은 잠시 스쳐가는 곳이지 스님이 머무를 마음을 둔 거처는 아닌 듯하다. 하지만 효종스님은 향후 자신이 꿈꾸는 도량을 꾸밀 계획은 가지고 있다. 그 점은 각박한 이 세상에서 문학과 종교를 통한 소통의 공간을 만들고 치유의 방법을 모색하는 언급에서 선명히 드러나고 있다.

"제 시를 읽는 불자님들의 마음에 위로가 되고, 오아시스가 되었으면 하는 마음입니다. 또 제 시를 읽는 분들이 공통적인 시평이 편안하고 마음이 안정된다고 하시거든요. 또 심지어 어떤 분은 문자를 주셔서 보리밥처럼 자꾸 땡긴다고 하시더라고요. 특히, 요즘 자살에 대한 마음을 가진 분들이 많은데, 이런 분들이 제 시를 보면 또 마음을 바꾸지 않겠나, 이런 생각이 있고요. 그래서 삶에 대한 용기와 격려를 주리라 생각을 합니다. 각박한 이 세상에서 문학과 종교의 가치를 불자님과 독자님들이 좀 더 가까이 접근할 수 있는 문학과 종교의 수행 도량을 만드는 것이 또한 제 꿈입니다."

효종스님의 이번 시집『그 암자에 가면 詩가 보인다』는 반야의 노래로 "새털처럼 보드랍고 따스한 시어(詩語)로 수행자의 적멸보궁(寂滅寶宮) 108채를 건립했다"라는 생각을 하게 된다. 모쪼록 스님의 선심과 시심이 잘 조화를 이룬 두 번째 시집『그 암자에 가면 詩가 보인다』 상재를 거듭 진심으로 축하드린다. 아울러 간결하고도 맑으며 따스한 시심이 잘 녹아 있어 편안한 마음을 갖게 하는 이 시집을 읽는 독자들은 내려놓기와 텅 빈 충만의 미학을 깨닫게 될 뿐만 아니라 남을 위로하고 배려하면서 치유의 장을 공유하리라 기대한다.

백원기

동국대학교 영어영문과 졸. 동대학원 문학박사. 동국대 교수를 거쳐 동방문화대학원대학교 불교문예학과 교수 및 중앙도서관장 역임. 국제포교사회장 역임. 현 동방문화대학원대학교 석좌교수 겸 평생교육원장. 저서로『선시의 이해와 마음치유』,『명상은 언어를 내려놓는 일이다』『자연관조와 명상, 시가 되다』등 다수. 논문으로「하디와 오세영의 불교적 상상력과 생태인식」,「현대불교문학의 지향점」,「만해의 독립사상과 그 시적 형상화」,「추사의 세한도에 나타난 불교적 미학의 세계」등 다수.

불교신문 시선집 2

그 암자에 가면 詩가 보인다

초판 1쇄 인쇄일	2020년 12월 5일
초판 1쇄 발행일	2020년 12월 9일
글	효종스님
발행인	정호스님
발행처	대한불교조계종 불교신문사
주간	현법스님
책임편집	여태동
편집제작	선연
출판등록	2007년 9월 7일(등록 제300-207-133호)
주소	서울시 종로구 우정국로 67 전법회관 5층
전화	02)730-4488
팩스	02)3210-0179
E-mail	ibulgyo@ibulgyo.com

ⓒ효종 2020

ISBN 979-11-89147-11-2 13800

값 10,000원